SUCCESSION

DE

M. le Prince PIERRE SOLTYKOFF

OBJETS D'ART

ET

D'AMEUBLEMENT

COLLECTION

DE

DIVINITÉS BOUDDHIQUES

CATALOGUE

DES

OBJETS D'ART

ET

D'AMEUBLEMENT

Porcelaines de Chine — Orfèvrerie — Armes orientales — Sceptres
Bijoux — Objets variés

Importante Collection de Divinités Bouddhiques

en or, en argent et en bronze doré

Belles Pièces en émail cloisonné de la Chine

Bronzes d'art et d'ameublement du temps de Louis XV

Belles Pendules Louis XV en bronze doré

Meubles en bois sculpté, en laque et en marqueterie,
du temps et de style Louis XV
Sièges variés — Tentures — Quelques Tableaux

DONT LA VENTE AURA LIEU

Par suite du décès de M. le Prince Pierre Soltykoff

HOTEL DROUOT, SALLE N° 8

Les Jeudi 16, Vendredi 17 et Samedi 18 Mai 1889

A 2 HEURES

COMMISSAIRE-PRISEUR

Me MARLIO

20, rue des Pyramides, 20

EXPERT

M. CH. MANNHEIM

7, rue Saint-Georges, 7

EXPOSITIONS

PARTICULIÈRE : *Le Mardi 14 Mai 1889, de 1 heure à 5 heures.*

PUBLIQUE : *Le Mercredi 15 Mai 1889, de 1 heure à 5 heures*

CONDITIONS DE LA VENTE

La vente sera faite au comptant.

Les acquéreurs payeront, en sus de leur adjudication, *cinq pour cent* applicables aux frais.

L'exposition mettant les acquéreurs à même de se rendre compte des objets vendus, aucune réclamation ne sera admise une fois l'adjudication prononcée.

Paris. — Imp. de l'Art. E. Ménard et Cie, 41, rue de la Victoire.

Désignation des Objets

PORCELAINES DE CHINE

1 — Deux vases en forme de balustre, à cols droits et à couvercles en ancienne porcelaine de Chine, décorés, en émaux de la famille rose, sur l'épaulement, de lambrequins, et, sur la panse, chacun de deux médaillons irréguliers de paysages, séparés par deux groupes de vases de fleurs. Ils sont montés en bronze ciselé et doré.

1380

2 — Deux vases couverts en forme de balustre, à côtes verticales, en ancienne porcelaine de Chine, décorés en émaux de la famille rose, sur fond arlequiné, de deux réserves de personnages. Ils sont garnis de montures en bronze ciselé et doré.

1150

3 — Deux vases-balustres, à panses légèrement aplaties et à couvercles, en ancienne porcelaine de Chine, décorés chacun de quatre médaillons à personnages sur fond rouge brique clathré d'or et de fleurs en relief, avec anses formées chacune d'une figurine debout en ronde bosse. Belle qualité.

150 —

4 — Deux vases en forme de balustre, à anses, en ancienne porcelaine de Chine, à couverte grise craquelée; ils sont montés et munis d'anses en bronze doré, et du col de chacun sort une gerbe de lis en bronze doré formant girandole à sept lumières.

5 — Vase en forme de balustre carré, en ancienne porcelaine craquelée de la Chine, garni d'une monture de style Louis XV, en bronze ciselé et doré.

6 — Petit vase-balustre en ancienne porcelaine de Chine, à couverte grise craquelée avec bandes d'ornements et anses réservées en brun; monture en bronze ciselé et doré de style Louis XV.

7 — Lampe en porcelaine de Chine à couverte grise craquelée avec deux bandes d'ornements gravés et réservés en brun; monture en bronze doré de style Louis XV.

8 — Lampe en ancienne porcelaine de Chine, à couverte bleu turquoise; monture en bronze doré de style chinois.

9 — Deux grandes potiches turbinées, à couvercles, en ancienne porcelaine du Japon, à décor polychrome de chiens de Fô en partie dorés, et de pivoines et chrysanthèmes sur l'épaulement et la partie inférieure; oiseaux dorés sur les couvercles.

1 050 —

10 — Deux vases quadrilatéraux, à corps renflés et à cou-

vercles, en ancien céladon bleu turquoise truité, décorés de grecques et de méandres gravés et gaufrés sous émail, avec arêtes saillantes aux angles et anse sur chaque face. Ils sont garnis de montures en bronze ciselé et doré.

11 — Gargoulette à col droit, en ancien céladon bleu turquoise, décorée de dragons et de fleurs gravés et gaufrés sous émail, avec socle et monture, en bronze doré, composée d'un dragon tenant entre ses griffes une branche de fleurs appliquée contre les parois de la bouteille.

12 — Deux vases à panses ovoïdes et cols droits très évasés, en porcelaine de Chine, à couverte bleu turquoise; monture en bronze doré.

13 — Deux pitongs ajourés, en porcelaine de Chine, à couverte bleu turquoise.

14 — Lampe montée dans un vase à panse ovoïde et col bas en céladon bleu turquoise, garni d'une monture en bronze doré.

15 — Lampe contenue dans un vase turbiné, en ancienne porcelaine de Chine, décoré en émaux de la famille verte, de personnages et d'animaux : monture rocaille en bronze doré.

16 — Deux petits éléphants debout, portant chacun un

petit vase, en porcelaine de Chine; les corps sont émaillés blanc.

17 — Deux éléphants debout, en porcelaine de Chine, portant chacun un petit cornet à renflement médian; les corps des éléphants sont jaunâtres.

18 — Deux autres analogues.

ÉMAUX CLOISONNÉS

DE LA CHINE

19 — Deux intéressantes statues de femmes chinoises assises, grandeur deux tiers nature, en émail cloisonné de la Chine; les chairs sont réservées en bronze doré; tables-socles de forme rectangulaire en bois noir, en partie doré, et à tablette d'entrejambes.

Pièces exceptionnelles par leurs dimensions.

20-21 — Quatre statuettes de femmes chinoises, en émail cloisonné de la Chine, portant un plateau de fruits; les chairs sont réservées en bronze doré.

22 — Deux autres statuettes analogues; les robes seules diffèrent de décor.

23 — Deux beaux groupes en émail cloisonné de la Chine, représentant chacun un cavalier à robe bleue sur un cheval émaillé gris, les figures étant réservées; le tout

sur socle-table rectangulaire en bois noir partiellement doré avec tablette d'entrejambes.

24-25 — Deux grandes plaques rondes en émail cloisonné de la Chine, décorées chacune d'un médaillon central, à branchages fleuris et oiseaux, entouré de huit compartiments à rochers et papillons. Cadres noir et or. Elles sont accompagnées de leurs tables-supports à quatre pieds en bois noir sculpté à têtes d'éléphants, ornements et décor d'entrejambes.

26 — Grand brûle-parfums formé d'un dragon à tête mobile, en émail cloisonné de la Chine ; la tête et le serpent placé entre les pieds de l'animal ne sont pas émaillés.

27 — Grand brûle-parfums circulaire à couvercle, en émail cloisonné de la Chine, à deux anses et trois pieds têtes d'éléphants non émaillés : le couvercle porte un éléphant couché en bronze doré sur lequel est une petite coupe émaillée à couvercle ajouré, en bronze ciselé et doré.

28 — Grand brûle-parfums circulaire en émail cloisonné de la Chine, à trois pieds et anses têtes d'éléphants et à couvercle surmonté d'un éléphant couché.

29 — Grand brûle-parfums rectangulaire en émail cloisonné de la Chine : le chien de Fô ~~du couvercle~~, les

deux anses, les arêtes saillantes et dentelées des faces et les quatre pieds sont en bronze doré ; socle en bois.

30 — Grand brûle-parfums de forme sphérique surbaissée, en émail cloisonné de la Chine, à deux anses et trois pieds-griffes émaillés, avec couvercle partiellement ajouré à bouton formé de champignons.

31 — Brûle-parfums quadrangulaire en émail cloisonné de la Chine, à deux anses et huit arêtes saillantes émaillées, et reposant sur quatre pieds en bronze doré; le couvercle est surmonté d'un chien de Fô en bronze doré.

32 — Brûle-parfums rectangulaire en émail cloisonné de la Chine, à couvercle partiellement ajouré, reposant sur quatre pieds émaillés et muni de deux anses également émaillées.

33 — Brûle-parfums en émail cloisonné de la Chine, formé d'un vase sphérique surbaissé, avec anses et trois pieds émaillés ; le bouton du couvercle est en bronze ajouré et doré.

34 — Grand brûle-parfums rectangulaire en émail cloisonné de la Chine, à couvercle bombé et en partie ajouré et ciselé, avec anses et pieds formés de grecques.

35 — Brûle-parfums quadrilatéral en émail cloisonné de la Chine, reposant sur quatre pieds émaillés, et à cou-

vercle partiellement ajouré surmonté d'un chien de Fô en bronze doré.

36-37 — Deux brûle-parfums en émail cloisonné de la Chine, composés chacun d'une plaque rectangulaire au milieu de laquelle s'adapte une boite de même forme, à parois ajourées formées de grecques, et à couvercle bombé, non émaillé et ajouré ; le tout reposant sur un socle à quatre pieds en bois avec incrustatations de nacre.

38 — Cloche en forme de cône aplati en émail cloisonné de la Chine, décorée de grecques et d'animaux fantastiques et portant de chaque côté deux séries de neuf clous de cuivre saillants : le manche de la cloche est accosté de deux plaques en bronze ciselé et doré ; une monture en bois soutient la cloche.

39 — Deux grands flambeaux quadrilatéraux en émail cloisonné de la Chine, à deux plateaux et à piédouche campanulé ; sur socles en bois dur.

40 — Deux grands flambeaux à plateau unique, avec léger renflement sur la tige et piédouche évasé, en émail cloisonné de la Chine.

41 — Deux grands flambeaux à deux plateaux et à piédouche en forme de cloche, en émail cloisonné de la Chine.

42 — Deux flambeaux en émail cloisonné de la Chine.

formés d'un oiseau émaillé blanc posé sur un plateau circulaire et portant le bassin sur sa tête.

43 — Deux grands flambeaux quadrilatéraux en émail cloisonné de la Chine, à deux plateaux, tige renflée et piédouche évasé.

44 — Deux petits flambeaux quadrilatéraux à deux plateaux et piédouche évasé, en émail cloisonné de la Chine.

45 — Deux bouteilles à col légèrement évasé, en émail cloisonné de la Chine.

46 — Paire de vases accouplés, de forme cylindrique, sur piédouches bas et cols à gorge, en émail cloisonné de la Chine, reliés par un fong-hoang aux ailes déployées, posé sur la tête d'un dragon ; ces deux animaux ne sont émaillés qu'en partie.

47 — Deux paires de vases quadrilatéraux, en émail cloisonné de la Chine, accolés et réunis par une chimère couchée, en cuivre doré, supportant un oiseau fantastique à ailes ouvertes.

48-49 — Deux grands chiens de Fô debout, portant chacun un personnage barbu, en émail cloisonné de la Chine.

50 — Deux buffles portant chacun un personnage jouant de la flûte, en émail cloisonné de la Chine ; les buffles

sont émaillés bleu, et les têtes et les bras des musiciens sont réservés en bronze doré.

51 — Deux groupes analogues à ceux qui précèdent.

52 — Deux coupes circulaires à couvercles en émail cloisonné de la Chine, à deux anses et trois pieds têtes de dragons en bronze doré.

53 — Bélier debout, en émail cloisonné de la Chine, supportant un vase quadrilatéral à col évasé, avec renflement à la panse, en bronze ciselé, ajouré et doré.

54 — Deux éléphants debout, en émail cloisonné de la Chine, portant chacun un petit vase à anses et couvercle : les corps des éléphants sont émaillés bleu et les oreilles sont rapportées.

55 — Deux brûle-parfums en émail cloisonné de la Chine, formés chacun d'un chien de Fô assis, émaillé bleu.

56 — Eléphant debout, en émail cloisonné de la Chine, supportant un vase à corps turbiné et à couvercle : le corps de l'animal est émaillé bleu foncé.

57 — Deux éléphants debout, en émail cloisonné de la Chine, portant chacun un petit vase à anses et à couvercle : les corps des éléphants sont bleu foncé et les oreilles sont rapportées.

58 — Deux doubles gourdes plates accolées en émail cloi-

sonné de la Chine, décorées de fleurs, l'une sur fond bleu, l'autre sur fond jaune.

59 — Deux éléphants blancs debout, en émail cloisonné de la Chine, portant chacun un petit cornet à renflement médian et col évasé ; les oreilles sont rapportées.

60 — Deux éléphants blancs debout, en émail cloisonné de la Chine, portant chacun un petit vase à couvercle et à anses : les oreilles sont rapportées.

61 — Deux éléphants debout, en émail cloisonné de la Chine, portant chacun un petit vase sans couvercle, et corps émaillés bleu.

62 — Deux éléphants blancs debout, en émail cloisonné de la Chine, portant chacun un vase surmonté d'une gourde à deux renflements.

63 — Deux éléphants couchés, portant chacun une bouteille à deux renflements surmontée de cinq demi-disques ajourés et mobiles autour du même axe ; les corps des éléphants sont réservés, le reste est émaillé.

64 — Deux éléphants blancs debout, en émail cloisonné de la Chine, portant chacun un vase à couvercle.

65 — Brûle-parfums en émail cloisonné de la Chine, formé d'un vase sphérique surbaissé à anses et à cou-

vercle plein, surmonté d'un bouton en bronze doré ajouré, et reposant sur trois pieds émaillés.

66 — Deux éléphants, supportant chacun un petit vase à couvercle, en émail cloisonné de la Chine, sur socles en bois sculpté, reposant sur un guéridon rectangulaire à tablette d'entrejambes, en bois doré en partie, de style chinois.

67 — Deux éléphants blancs debout, en émail cloisonné de la Chine, supportant chacun un petit vase.

68 — Deux éléphants couchés, supportant chacun un vase d'où sortent trois lances ; les vases et les caparaçons sont seuls émaillés : socles à balustres en bois.

69 — Deux éléphants blancs debout, portant chacun un petit personnage, en émail cloisonné de la Chine : sur socles ajourés en bois.

70 — Deux éléphants debout, en émail cloisonné de la Chine, portant chacun un vase sans couvercle, et à corps émaillés violet, posés sur socles rectangulaires en bois, avec galerie en bronze doré émaillé en partie.

71 — Deux éléphants debout, en émail cloisonné de la Chine, portant chacun un petit vase à couvercle : les corps sont émaillés blancs et les oreilles sont rapportées.

72 — Deux petits éléphants debout, en émail cloisonné

de la Chine, portant chacun une petite potiche sans couvercle, et à corps émaillés blanc.

73 — Deux canards en émail cloisonné de la Chine, formant brûle-parfums.

74 — Brûle-parfums formé d'un vase sphérique à couvercle, en émail cloisonné de la Chine, reposant sur trois pieds en bronze doré.

75 — Deux éléphants debout, en émail cloisonné de la Chine, portant chacun un petit vase sans couvercle; les corps des éléphants sont blancs et les oreilles sont rapportées.

SCEPTRES

76-77 — Deux sceptres en émail cloisonné de la Chine.

78 à 80 — Trois sceptres en émail cloisonné de la Chine, avec parties ajourées et ciselées.

81 — Sceptre en laque rouge de Pékin.

82 — Sceptre en bois sculpté et découpé à jour, décoré d'une chauve-souris et de champignons.

83 — Sceptre en ancienne porcelaine de Chine, émaillé rouge, et en partie ajouré et doré.

84 — Sceptre en cuivre émaillé bleu, orné de trois plaques de jade gris sur lesquelles sont fixés des feuillages en cuivre doré et partiellement émaillé.

85 — Sceptre en bois dur présentant en relief Cheou-lao, dieu de Longévité, et les huit immortels chinois, les Pa-chen.

86 — Sceptre en bronze doré, décoré en bas-relief d'un éléphant et de personnages chinois.

87 — Sceptre en ancienne porcelaine de Chine, décoré en émaux de la famille rose, avec deux réserves à personnages.

88 — Sceptre en jade gris, décoré d'une chauve-souris et d'inscriptions gravées et en bas-relief.

ARMES ORIENTALES

89 à 93 — Cinq beaux couteaux birmans à fourreaux de bois, recouverts d'argent; les talons des lames sont en argent ciselé et les poignées en corne sculptée sont recouvertes en partie d'argent ciselé; l'un d'eux est accompagné d'un stile.

94-95 — Deux sabres birmans à poignées et fourreaux d'argent; le pommeau est formé d'une tête de dragon, et l'un d'eux a sa fusée dorée en partie.

96 — Casque persan, à bombe en damas, décoré d'ornements gravés et dorés, garni d'un garde-nuque en mailles.

97 — Deux petites rondaches en damas, décorées d'ornements gravés et dorés.

98 — Hache d'armes persane, en fer gravé et doré; son manche est plaqué d'argent.

99 — Casque japonais, en fer gravé, décoré de dragons et surmonté d'un porte-plumet.

100 — Deux sabres malais, à manches d'argent.

101-102 — Deux poignards indiens, à fourreaux de cuivre et manches en corne.

103 à 105 — Trois poignards indiens, à fourreaux d'argent; l'un à poignée de morse, les deux autres à poignées d'argent.

106 — Poignard indien, à large lame et à long manche surmonté d'une tête d'éléphant, en fer partiellement doré, avec fourreau de velours rouge.

107 — Deux poignards indiens, à manches et fourreaux en cuivre émaillé.

108 à 110 — Trois pièces : deux poignards et un kathar

indiens, en cuivre doré, dont l'un à fourreau de velours.

111-112 — Quatre poignards à manches de verre de couleur et fourreaux de velours et cuivre doré.

113 — Deux petits sabres japonais, à fourreaux laqués et incrustés d'ivoire.

DIVINITÉS BOUDDHIQUES

114 — Petite pagode en argent finement ciselé, doré en partie, contenant une divinité accroupie en lapis-lazuli garni en or. La cage porte au dos une longue inscription gravée.

115 — Pagode analogue à celle qui précède; la divinité est en calcédoine et la monture en or est incrustée de turquoises.

La cage porte également de longues inscriptions gravées.

116 à 118 — Trois statuettes en argent, représentant Bouddha assis, les jambes croisées, et Siva avec sa femme, Parvâti; l'une d'elles est dorée et incrustée de pierreries.

119 — Statuette en cristal représentant un disciple de Bouddha, assis, les jambes croisées.

120 — Statuette de Bouddha en émail cloisonné.

121 — Deux statuettes de disciples de Bouddha, en jade gris.

122 à 131 — Quatre-vingt-neuf statuettes en bronze doré représentant des disciples de Bouddha, ou Bouddha lui-même assis, les jambes croisées, enseignant, méditant ou priant.

132 à 150 — Cent soixante-dix-neuf statuettes en bronze doré représentant le dieu Vichnou, ou Bouddha sous la forme d'un dieu, assis, les jambes croisées, la tête couronnée.

151 à 160 — Quarante et une statuettes en bronze doré, à bras et têtes multiples, représentant le dieu Siva seul ou avec sa femme Parvâti.

161 à 165 — Quinze statuettes en bronze doré, à quatre bras, représentant le dieu Vichnou.

166-167 — Huit statuettes en bronze doré représentant le dieu Bouddha assis sur un lotus.

168 à 171 — Quatre statuettes en bronze doré, à bras multiples, représentant Vichnou sur un lotus.

172 à 177 — Treize statuettes en bronze doré, représentant diverses divinités, à deux ou plusieurs bras, assises sur des animaux couchés ou debout.

178 à 186 — Quarante-cinq statuettes en bronze doré, représentant des divinités ou personnages divers dans différentes attitudes.

187 — Deux statuettes de divinités debout, couronnées et à deux bras, en bronze.

188 — Deux statuettes de divinités à deux bras, sur des animaux, en bronze.

189-190 — Six statuettes de Bouddha à deux bras, la tête couronnée, en bronze.

191 à 194 — Treize statuettes de Siva, à bras et têtes multiples, assises ou debout, en bronze.

195-196 — Cinq statuettes, en bronze, de divinités ou personnages divers dans différentes attitudes.

197 — Statuette en bronze, à patine brune, de Kouan-in, déesse de la longévité, debout sur un rocher et tenant un sceptre.

ORFÈVRERIE

198-199 — Deux plateaux ovales en argent partiellement doré, décorés, au repoussé, l'un d'un sujet de chasse, l'autre d'enfants jouant avec une chèvre, et, sur le marli, de feuilles et de fruits divers. Travail allemand du XVIIe siècle.

200 — Plat ovale en argent, doré en partie, décoré, au repoussé, de deux soldats en costume Louis XIV, et sur le marli, de feuilles et de fruits.

201 — Drageoir en argent, formé d'un ours debout, à tête mobile. Travail allemand.

202 — Drageoir de même travail : Porteur de hotte.

203 — Agrafe de ceinturon en argent et coraux. Travail oriental.

204 — Petite coupe à vin, de forme ronde, à anse plate, en argent émaillé, à fleurs et figure sur fond blanc. A l'extérieur, fleurs émaillées en couleur, bordées d'une torsade et faisant saillie sur le fond de métal. Ancien travail russe.

205 — Coupe de même forme que celle qui précède et de même travail. Celle-ci présente à l'intérieur un émail rond décoré d'un oiseau; à l'extérieur, des fleurs se détachent en émail sur le fond de métal, et sur l'anse sont des fleurs, des oiseaux et des ornements.

206 — Petite coupe ronde en albâtre, garnie d'une monture à anse en argent doré filigrané et enrichie de pierreries. Ancien travail russe.

207 — Coupe analogue à celle qui précède. La monture de celle-ci est rehaussée de parties émaillées.

208 — Grande coupe oblongue à anse plate, en argent doré, présentant les armes de Russie en relief, trois fois répétées, et portant à l'intérieur une longue inscription russe gravée. Ancien travail russe.

209 — Reliquaire ovale en argent, à imbrications émaillées, variées de nuances. Il offre sur chacune de ses faces une miniature quadrilobée, représentant des scènes tirées de l'histoire de la Vierge, et couverte par un cristal. La pièce est garnie d'une chaîne de suspension en argent. Ancien travail russe.

210 — Reliquaire analogue à celui qui précède. Les miniatures de celui-ci sont carrées, et représentent diverses scènes tirées du Nouveau Testament. Travail russe ancien.

211 — Tableau russe : la Vierge, vue à mi-corps et portant l'Enfant Jésus sur son bras gauche. Recouvrement en argent repoussé, gravé et doré, et coiffure de la Vierge enrichie de perles fines. Ancien travail russe.

212 — Tableau russe : le Christ, vu à mi-corps. Recouvrement en argent repoussé à fleurs et doré. Travail russe du XVIIIe siècle.

BIJOUX ET OBJETS VARIÉS

213 — Aigrette indienne en or, enrichie de pierreries cabochons, émeraudes, rubis et lames de diamant. On lit à l'intérieur de l'étui une inscription russe et au-dessous la traduction ci-après : *Donné par Schirsing, le Maha-Radja des Siks, Roi du Pandjab et du Cachemire, dans le jardin de Schalimar, à Lahore. Mars 1842.*

214 — JADE GRIS. Brûle-parfums couvert, de forme sphérique et à deux anses, entièrement composé de branches fleuries et feuillages en relief et découpés à jour. Ancien travail chinois.

215 — JADE VERT. Amulette de forme contournée et aplatie, présentant sur ses deux faces de longues inscriptions indiennes, très finement gravées en creux. Ancien travail indien.

216 — MARBRE BLANC. Buste de Voltaire, d'après Houdon.

217 — Longue-vue de style Louis XV, en cuivre ciselé et doré, décorée sur ses pans de médaillons de jaspe. Travail anglais.

218 — Paire de ciseaux persans en damas, ornée de rinceaux dorés.

219 — Main en bronze formant presse-papier.

220 — Presse-papier composé d'un bloc de malachite.

221 — Coupe libatoire en corne, décorée de grappes de raisin en relief; sur socle en bois dur. Travail chinois.

222 — Bois de cèdre. Petit triptyque sculpté en bas-relief et repercé à jour, représentant quantité de scènes tirées de la vie du Christ. Travail gréco-russe.

223 — Quinze pièces : quatorze socles et un couvercle en bois. Travail chinois.

TABLEAUX

1550 224 — **Boucher** Attribué à . Nymphes et Amours. Tableau ovale.

225 — **Gagnery**. 1842. Vue d'une salle d'armes. Tableau.

226 — Intérieur chinois. Tableau.

BRONZES D'ART

227 — Groupe équestre en bronze à patine brune. Le roi Louis XV, vêtu à l'antique et monté sur un cheval au galop ; socle de style Louis XV, en bronze ciselé et doré.

228 — Groupe en bronze à patine noire, représentant l'enlèvement d'Orithyie par Borée, sur socle de style Louis XV, en bronze ciselé et doré.

BRONZES DE L'ORIENT

229 — Deux statuettes de guerriers japonais en bronze, à patine noire, sur socles en bronze doré, de style Louis XVI.

230 — Deux brûle-parfums en bronze de la Chine, à patine brune, taché d'or, formés chacun d'un canard debout sur un fruit.

231 à 234 — Quatre petits brûle-parfums en bronze de la Chine, supportés chacun par trois têtes d'éléphants et à couvercles surmontés, l'un, d'un chien de Fô, les autres d'éléphants couchés; l'un d'eux est en partie doré.

235 — Deux brûle-parfums en bronze de la Chine, formés chacun d'un cavalier monté sur un Ki-lin.

236 à 239 — Neuf brûle-parfums en bronze de la Chine, formés de mulets avec ou sans cavaliers.

240 — Deux groupes en bronze de la Chine, à patine noire, représentant chacun un oiseau sur un rocher.

241-242 — Quatre statuettes de femmes japonaises debout, en bronze à patine brune.

243 — Deux éléphants debout en bronze de la Chine, portant chacun un cornet à renflement médian et à col évasé.

244 — Deux brûle-parfums en bronze doré de la Chine, formés chacun d'un mulet debout, dont l'un avec un cavalier.

245 — Deux flambeaux en bronze de la Chine, formés chacun d'un personnage debout portant un panier sur la tête.

246 — Deux flambeaux en bronze de la Chine, formés chacun d'un personnage barbu debout.

247 — Deux groupes de tortues en bronze de la Chine.

248 — Deux grenouilles en bronze de la Chine.

249 — Dragon en bronze de la Chine.

PENDULES

250 — Pendule du temps de Louis XV en bronze ciselé et doré, supportée par un taureau en bronze à patine brune, reposant sur un socle rocaille en bronze ciselé.

ajouré et doré; des femmes et des amours en bronze, tenant une guirlande de fleurs en bronze doré, sont couchés ou voltigent autour de la pendule et sur le socle; le tout est placé sur une base en bois de rose garnie de bronzes dorés.

251 — Pendule du temps de Louis XV représentant l'Enlèvement d'Europe. Le taureau bronzé repose sur une terrasse entourée d'ornements rocaille. Sur le dos de l'animal, le mouvement, entouré d'ornements rocaille aussi en bronze doré, est surmonté de la figure d'Europe assise et tenant un feston de fleurs.

252 — Grande pendule du temps de Louis XV en bronze doré, surmontée d'un petit personnage tenant un arc et supportée par un rhinocéros debout sur un socle rocaille; le tout repose sur un coffre oblong en bois satiné, garni de bronzes dorés.

253 — Pendule du temps de Louis XV, surmontée d'un amour au milieu de fleurs, en bronze doré, et supportée par un éléphant en bronze à patine rougeâtre, reposant sur un socle rocaille en bronze doré.

254 — Pendule du temps de Louis XV, en bronze ciselé et doré, modèle rocaille à fleurs, surmontée et accostée de trois amours, et reposant sur un socle contourné, composé de feuillages rocaille.

255 — Pendule de style Louis XV, en bronze ciselé et doré, modèle rocaille et branches de fleurs, surmontée

d'une femme tenant à la main un petit médaillon sur lequel est un soleil ; le socle est également en bronze doré de style rocaille.

BRONZES D'AMEUBLEMENT

256 — Deux girandoles à trois lumières du temps de Louis XV ; le piédouche et la tige sont ornés de motifs rocaille, et de la tige s'échappe, en même temps que les trois branches, un petit bouquet de feuilles et de fruits.

257 — Deux flambeaux du temps de Louis XV, en bronze ciselé et doré, décorés sur la tige et le piédouche de trois compartiments à feuillages avec fruits, séparés par des ressauts rocaille.

258 — Deux flambeaux Louis XV en bronze ciselé et doré, modèle rocaille à tige en spirale et base ornée.

259 — Deux flambeaux en bronze ciselé et doré du temps de Louis XV.

260 à 273 — Quatorze girandoles à trois lumières, en bronze ciselé et doré, modèle rocaille, de style Louis XV. Elles seront vendues par paire.

274 — Deux girandoles à deux lumières, de style Louis XV, en bronze ciselé et doré, formées de feuillages avec fruits au milieu de motifs rocaille.

275 — Deux presse-papier du temps de Louis XV, formés chacun d'un lion debout en bronze à patine brune, sur socle rocaille en bronze doré.

276 — Deux chenets du temps de Louis XV, en bronze ciselé et doré, composés de branchages avec fruits au milieu de motifs rocaille.

277 — Deux chenets du temps de Louis XV, formés chacun d'un cheval au galop en bronze à patine brune, posé sur un socle oblong, dont les faces sont ornées de guirlandes, en bronze ciselé et doré.

278 — Deux chenets en bronze ciselé et doré du temps de Louis XV, formés de feuilles et d'ornements rocaille.

279 — Deux girandoles de style Louis XV, en bronze ciselé et doré, composées de flambeaux rocaille supportant deux branches porte-lumières.

280 — Deux petits chenets du temps de Louis XV, en bronze doré, composés chacun d'une figure de jeune garçon, assis sur des ornements rocaille et représentant : l'un, l'Automne; l'autre, l'Hiver.

281 — Deux très petits flambeaux, de style Louis XV, modèle rocaille, en bronze ciselé et doré.

282 — Deux bras-appliques à trois lumières en bronze ciselé et doré de style Louis XV.

283 — Deux flambeaux-cassolettes du temps de Louis XVI, en bronze doré, à couvercles ajourés, à anses têtes de béliers et à base rectangulaire sur quatre pieds-griffes.

284 — Deux flambeaux-cassolettes en bronze doré du temps de Louis XVI, en forme de vases, sur colonnettes cannelées et base rectangulaire.

285 — Suspension de salle à manger en bronze doré, avec lampe et vingt branches porte-lumières.

286 — Grand lustre de style Louis XIV, modèle à consoles, à trente-six lumières, en bronze doré, garni de cristaux.

287 — Lustre en cuivre doré, garni de cristaux, modèle à consoles, à vingt lumières et à pyramides.

288 — Lustre à vingt lumières en bronze doré, garni de cristaux.

289 — Lustre de style Louis XIV, modèle à consoles, en bronze doré, garni de cristaux genre Bohême, à douze lumières.

MEUBLES

290 — Commode à deux tiroirs du temps de Louis XV, en bois satiné, garnie de bronzes dorés avec dessus de

marbre brèche d'Alep; les deux tiroirs et les côtés sont décorés de paysages chinois en laques d'or et de couleurs sur fond noir.

291 — Secrétaire droit à abattant, du temps de Louis XV, en bois laqué noir et décoré en couleurs et or, sur l'abattant, les deux vantaux inférieurs et les côtés, de scènes à personnages en costumes chinois et d'animaux; dessus de marbre.

292 — Deux encoignures du temps de Louis XV, fermant à une porte, en bois laqué noir, décorées d'une scène à personnages en costumes chinois en couleurs et or, et garnies de bronzes dorés, avec dessus de marbre.

293 — Bel encrier rectangulaire du temps de Louis XV, en laque noire, décoré au pourtour et sur la partie supérieure de paysages à personnages en couleurs et or; il est monté en bronze doré.

294 — Bureau plat de style Louis XV, à trois tiroirs, en bois satiné, décoré sur les tiroirs et les côtés de losanges en marqueterie de bois de deux tons et garni de sabots, chutes, entrées de serrure et poignées en bronze ciselé et doré.

295 — Bureau plat à trois tiroirs, de style Louis XV, en bois satiné avec sabots, entrées de serrure, chutes et poignées en bronze ciselé et doré, et losanges de marqueterie de bois de deux couleurs sur les tiroirs et les côtés.

296 — Grand meuble de style Louis XV à trois portes, formant vitrine dans sa partie supérieure, en bois de violette avec encadrements et moulures rocaille en bronze doré; le panneau de la porte du milieu est décoré d'une peinture en vernis de Martin à scène de bal.

297 — Quatre vitrines de style Louis XV, à une porte, en bois de violette avec encadrements et moulures rocaille en bronze doré et dessus de marbre.

298 — Grand et beau meuble de style Louis XIV en bois satiné et de violette, richement garni de bronzes ciselés et dorés. Il ferme à trois portes, pleines dans le bas et vitrées dans le haut.

Larg., 1 m. 80 cent.

299 — Meuble à hauteur d'appui de même travail que celui qui précède et de style Louis XV, fermant à une porte vitrée et à dessus de marbre.

Larg., 1 m. 15 cent.

300 — Baromètre avec thermomètre de style Louis XV, en bois noir garni de bronzes ciselés et dorés.

301 — Table à jeu en palissandre incrusté de filets de cuivre et garnie de mascarons en bronze doré. Style Louis XIV.

302 — Table de milieu, de style Louis XIV, en marque-

terie de cuivre et écaille, garnie d'ornements en bronze doré.

303 — Table à jouer de même style et de même travail.

304 à 307 — Quatre guéridons de même style et de même travail avec plateaux de forme hexagone.

308-309 — Deux guéridons de style Louis XVI en bois d'acajou avec têtes de bélier et monture en bronze doré.

310 — Guéridon monté sur trois pieds-consoles en bois de rose et garni de bronzes.

MEUBLES EN BOIS SCULPTÉ

311 — Console de style Louis XV, en bois sculpté et doré, composée d'ornements rocaille et de branches de chêne, à dessus de marbre.

312 — Écran en bois doré, de style Régence ; la feuille, en tapisserie au point, représente un vase de fleurs et un perroquet posés sur un tapis.

313 à 316 — Huit petites tables-torchères en bois peint rehaussé de dorure, à cariatides d'enfants, feuillages et pieds contournés. Travail italien. (Elles seront vendues par deux.

317 — Table ovale à rallonges en bois laqué brun et or, et sur pied en bois sculpté composé d'ornements rocaille de style Louis XV.

318 — Guéridon rond sur tige à feuilles et à trois pieds têtes d'éléphants en bois sculpté, peint en couleur et rehaussé de dorure, à dessus de marbre griotte. Style chinois.

319 — Deux étagères d'angle de style chinois, en bois sculpté, en partie doré, à quatre tablettes.

320 — Table-toilette en bois sculpté laqué blanc sur fond bleu, de style Louis XV, à dessus de marbre blanc et surmontée d'une glace mobile encadrée de bois sculpté.

SIÈGES

321 — Meuble de salon de style Louis XV, en bois sculpté et doré, couvert de satin de laine et de soie rouge. Il se compose d'un grand canapé, quatre fauteuils et six chaises.

322 — Quatre fauteuils confortables de même style et de même travail.

323 — Huit chaises légères de style Louis XV, en bois doré, couvertes de soie brochée variée de nuances.

324 — Autre chaise légère, mais de style Louis XVI.

325 — Petit pouf carré en peluche ponceau et bleu clair, avec dessus en étoffe chinoise à fond bleu, brochée à rosaces.

326 — Autre pouf de même forme et de même travail. Le dessus est en velours de Gênes, à branches de chêne sur fond blanc.

327 — Fauteuil de bureau de style Louis XV, en bois sculpté et doré, couvert d'étoffe de soie brochée à fond noir.

328 — Deux chaises style Louis XV en bois sculpté, laqué blanc et rehaussé de dorure, couvertes de soie bleu clair.

329 — Fauteuil de bureau de style Louis XV, en bois laqué noir et or, foncé de canne dorée et garni d'un coussin de velours vert.

330 — Quatre chaises de même style, couvertes de velours vert.

331 — Quatorze chaises de style Louis XV, en bois sculpté, laqué brun et rehaussé de dorure, couvertes de velours vert.

TENTURES

332 — Huit grands rideaux de croisées et quatre grandes portières en satin de laine ponceau.

333 — Huit rideaux de velours vert, garnis de passementeries.

334 — Tapis de table en velours vert, avec franges et passementerie.

335 — Trois coupons de soie chinoise.

336 — Deux petits tapis en guipure.

337 à 341 — Cinq tapis d'Orient à dessins variés.

Imprimé en France
FROC021841210120
23239FR00023B/528/P

9 782329 362557